# 乳既

寺道亮信

七月堂

# 目次

# 乳《ニュー》詩（2021–2023）

# 汐風

ペニスタワー、
ペニスタワーにひとひらのかげ
を見届けるとき
不能な舌、不能な舌が
情態性の素揚げへと
　　　　　　かし　ぐ
かしずく
　　　　　　　しなびた分光器は
　　　　　　　　はらはらまたたく
刮目したごくつぶしは皮をむき　皮をむきつづける

ほどなくして
、しかし、煮込む、
　　　　　　　　　黒胆汁を煮込んだらしかし、
とわりびきの豪奢
　　——それにもかかずらず。

とわりましの静寂

家父長制のキッシュ朝鮮ルーツのキッシュ　はひどくうまく
半島の一戸建てをそよぐ
やけるような汐風　ないしデンタルクリニック
情愛の女男のすみか

河岸段丘は凱歌を歌う
祖国を憂う　ヨットを集う

教えてくれる
やさしいあなたの不能な舌
の皮をむき　皮をむきつづける
ほどなくして
、しかし、煮込む、
　　　　　黒胆汁を煮込んだらしかし、
やけるような汐風
ないしメンタルクリニック
黒胆汁のキッシュ　はひどくうまく皮をむき　むきつづけるので
　　　　　かこ　つ
かこつ　男女の情愛を

（ほどなくして）
ペニンスラのとったんに

プリズムは散財す　ほと、ほとばしる
ここを先途と情愛の女男
ハビトゥスを咲う
咲いほこる

# シティ

赤髪
「マティーニのさんざめく都市回廊で」
青髪
「散文欲求をフリテンで逃せ」
紫髪
「アレルゲンしか入っていない」
「カステラを携え」
緑の黒髪
「彫り師が阿鼻叫喚する脊梁に」

白髪
「たったひとつの冴えたやりかた」
翻って
赤巻き髪青巻き髪黄巻き髪は
「黙秘権を大ダンス」

長髪
「すっげえ特異性は一般性に逢着する」
「挑発」
「すっげえ一般性は特異性に逢着する」

# 一途

言語に汚染されていない生の経験はあるか
ａｕｔｈｅｎｔｉｃは生来、汚ｌ染されているだ
土手に光る葛切りを眇めて
暈がない
　現存在は軽量化のｉｔを　辿る辿る
猫も青ざめる
冥界への芸術の旅（なんてったってお尻す）
「不徹底を徹底せよ！」

承認の商人と堕した言語に
唾液と笑顔を振りまいていけ

言語に汚染されていない
生の経験はあるか

労働者は汗を流す　一杯の安ワインで汗を流す
　至極汗をしごく
　　瘋癲風情は癩病でして

労働者は汗を流す　一杯の安ワインで汗を流す
　王権のシャドウピッチングを一目見ようと
　　金鵄が、朝日が、鳳翼が、

労働者は汗を流す　一杯の安ワインで汗を流す

国では絶対に許されない仕打ちが
　　家庭では赦されている（vice versa）

——奉告は以上。官権の限り。

言語に汚染されていない
生の経験はあるか

膣と土は持ちつ持たれつ
十分の一税に泣くいもうとよ
リンボーダンスのお稽古させて
擦り抜けていけ

あの頸木を
冥界への芸術の旅として

あの頸木を
膣と土を
冥界への芸術の旅として
あの頸木を――、
土
と膣
を――、その頸
木を
――その膣
と
土
を

# 間伐

※かつて森にて
メトロノーム、ひとさじ

言葉は現実を変革するためのもので
しかない、という臆見、がのさばる
現実
　を確変するためのものでしかないっ
たらない言葉が、
昼と夜を空費させる
開かれを秘匿させる

孤独、にして
ことごとく
祖国、にして
そっこくに

散歩と呼ぶには生温い
当社比の森林浴で川のセレナーデを
無視しよう
自由意志死すとも尿意は　死せず
しがない、という臆見、がのさばる
歯間ブラシを
いとも丁寧に磨く
これからの　これまでの
　　街の突撃
星のくすめき

犬の断食……。
擲ってもしゃぶりつけない骨々があるだけであろうと
なかろうと
孤独、にして
ことごとく
露骨、にして
おそまつに

幼時、ほくろをけんめいに剝がそうとした
偶然性は必然性を
必然性は
剝がそうとした
人口のまばらな集落で
私はひとり、三千人になる
カーキ色の教科書は口唇時代から始まったきり

糞う
孤独、にして
ことごとく
旦那、にして
たんねんに

メトロノーム、ひとさじ

矯正施設でつくられた
いろとりどりのクッキー缶
木々はさっぱり間伐された　ひとり
でに
なかったことは
なかったことにさえならない
渡る世間は鬼ですか

らに

孤独、にして
ことごとく
いい加減、にして
「砲弾!」「」「砲弾!」

メトロノーム、ひとさじ

木々はさっぱり間伐された
ひとりで
に
なかった
こと
は

な
かっ
たこと
に
(冴え)
ならない

メトロノーム、ひとさじ

孤独、にして
ことごとく
いい湯加減、にして
「あほんだら!」
「」「あほんだら!」

／

——Y・Oに

ブラックマンデ□
□ロチン
チェ□ノブイリ
□イション
ソヴィ□ト
世界□工場
黒船□航

□回収のイタリア

テニスコートの誓□

人民の、人民によ□、人民のための政治

□るい未来

総□戦

□供より親が大事、と思いたい。

□始、女性は実に太陽であった。

# アットホーム

法定速度以上のダンスが時を運んでくる

我がいつか死ぬとすれば
死ななければならないとすればそれは
目に余る暗がりで
目薬とライターを取り違えたとき
質素にぎらついた柄の蛾が
真鍮の存在感で束の間の巣を作り
我のために挽歌をさえ詠む
のではないだろうか……

街
カモメ
茶
小舟
杭
故郷

アンバランスな帆を展げて
地下室の書架と初夏とに挟まれて栞となれば空も舞えたか
等々

家よりも静かな街には
たくましいカモメたちがお茶を点て
小舟をくくりつけるための木の杭に
そのたびごとの故郷を作る

# 二歩

## I　助歩

僕が歩いたから哲学の道
哲学が歩いたから哲学の道
絵は本来の枯れ葉だけで描く
孤独じゃ全然あるように
十年ぶりに公園に出た
極東みたいないかれた岬があって
登って、極東語で弁舌を振るう

心の図と地が一息に（ひっくり）
かえって
僕だけの叙景が手を振って
おいてくださぃ
音が、竹が乾いてゆく
系譜に焦がれた耳をほぐす
滑り台をじかに滑ればできるはず
擦り傷は話題をからかったりして
こどもが
僕が滑るから哲学の空
きっと因果より面映ゆくはない
強度は落ちても自己紹介を続けよう

**歩**く皮膚早く屠りたい

## Ⅱ　走り歩き

こんばんは
、もうとにかくけだるくて
生やさしい映像を顔の底まで貫かれたい
そのまま映像をかぶって街を歩くもよし
あるいはたこぶつを放題にむさぼりたい
まあ
考えてもごらん
こんなにも小さな水晶が鬼気迫り出してきて
産物の現代、産物の現代
産物の現代が節操もなくめくるめく
すべての動詞はGo To凍結
、すべての肺胞はGo To甲冑

、すべての名詞は都度都度位格を喪って
みことのり　だけが寵愛されようと必死こいて祈る
ふるさとは　遠きにありて思ふもの（無論犀星）

「いろは」を覚えた栄光の日日から大鍋小鍋はずっとぐぢゅぐぢゅしていて乳歯もろとも苛烈にぐぢゅぐちゅとぅくどぅくし奉っていてやめたいよもう脳に屈伸をさせなさいランダムソートに跼蹐しなさい皮膚から狂おしい人間の爪の垢を凍結させなさいさもなくば七色の変化球では保障されない権利の残り香がひた走るひた走るは沙漠ひたすら
に「自由は胎内ではぐくむもの」などとさもありなん

流暢　げに流暢に歩ってる
義足の草鞋を珍重するあまり
げに流暢に**歩**ってる
。

# n＋1景

鉄道に乗っていく
晴れがましい鉄道に乗って
北へ　西へ
東へ　南へ
わんぱくな鉄道に乗っていく
ひかりを摘みに
かぜを狩りに
快気祝いにもらった、太陽系の地図を真っ直ぐに信じて
まっさらに織り込んで
麗らかや地番盗みて脱走す

いつしか指の宿、もとい指宿に着く
指宿に来るのはもはや二度目で
今日は私だけが歩いた道を、歩きながら私は産出する
二度も同じ宿に泊まる人は、実は少数派なのだ
妙に気恥ずかしく　初顔を装い
神経質なゴミの分別、それから服のたたみ方についての説明
またきかされて、きく
福を留めると書いて福留

（もったいぶって……）
（もっともったいぶって……）
（もっともったいぶって……）
（もっともったいぶって……）
（もっともったいぶって……）
（もっともったいぶって……）

（おっといまなんもんめ……）
（もっともったいぶって……）
（もっともったいぶって……）
（もっともっといたぶって……）
（もっともっといたぶって……）

鉄道に乗っていく
読み方だけは知っている　知らない駅で中座して
汗を拭うためのタオルを買う
此の地の商人は
汗をかくためのスープを売る
のぼせた身体で経済をかわす

（もったいぶって……）
（もっともったいぶって……）

（もっともったいぶって……）
（もっともったいぶって……）
（もっともったいぶって……）
（おっといまなんごうめ……）
（もっともったいぶって……）
（もっともったいぶって……）
（もっともったいぶって……）

$a_{n+1} = a_n (f + m - n) - ($凧$ + $光$) k$

（もっともっといたぶって……）
（もっともっといたぶって……）

鉄道が寝息を立てる傍らで
　ひさかたの生権力よ乳首吸へ

林立する夏の兵士
故宮博物院や犬島
印象的だった風物について
開店直後の名曲喫茶であなたは話す
コヨーテのように鳴いたこと
十五秒ほどの光景をアーカイヴしていること

都という名の女性
その質感を忘れることができないこと

破廉恥な交差点は水平線に溶かして
めかしこんで　荒野にいきましょう
歌謡曲のたたずまいを愛好する
あなたは話す

まだ遠い。あるいは遅い。
時は収縮しているのに、、

殺風景な名所ほどロマンがある
具体にも抽象にも淫靡がある
Certainly,
ノスタルジーは
病理学のために考案された言葉だった
具体的な淫靡と、抽象的な淫靡がある
これは私にしか話さないことだけど
そとはそろそろ明るくなる

九時のニュースを見なくなってから
首相にはご無沙汰しているの

# 麦とソルジャー

きらめきの序曲はなにに勝つのか
一司教の物故に際して俗人たちは
宮殿に詰めかける　押し寄せる
掠奪　簒奪　サンキューガッツ
アララの呪文をかわらけに刻み
身投げコンクールの週間チャンプは決まる
ポリスチックな男子校の奥底で
弾くきらめきの序曲は
カリキュラムの燐光をまとう
惑う　凡庸さに
凡庸さと反作用の法則
葦で証し立てて
蛸の踊り食いと横溢する気風を

追いかける熟女は
追わざる者ともども荒野を目指す
男子校の諸君は　紳士なる淑女は
父兄は　皇族は　少年探偵団は　ホタル狩りの一味は
公私ともども　真光
荒野を目指す
先天的窃視症の無口な八百屋も
到来する熟女ともども蛸を踊り食う
そうさせる　序曲の旋律
戦慄するあなたが　のどちんこが
睾丸無恥が
きらめくとも思わない
Nevertheless
川の流れのように
それもイムジン川のように

モトクロスに乗って
日航123便に乗って
ＬＮＧコンテナ船に乗って
汚辱にまみれた人々は
ジャパゆきさんの帰還兵は
そこら辺にいるスターは
さらば青春
さらば荒野
打ち上げた打球に乗って
放物する凧に沿って

閉店間際の名曲喫茶であなたは話す
淫靡の具体と、淫靡の抽象がある

ここは滑走路であるとして
これは私にしか話さないことだけど

通ひ路パサージュ

恋なんて束の間の唇の
詩なんて束の間の唇の

動

振



着

# 戦争機械、のち、はれ

いま　毒針を撃ち込まれているのさ　かつて広場をもみくちゃにした戦車が1定の拍子を刻んで　はいっ　というチョーキョーされし掛け声それに　ともなうピピッ　がリズムを与えて小気味よいのさ　じつに　場末の家電屋で釘づけにされた　ミリタリーゲームのデモプレイ　を思い出すのさ　その液晶から飛脚が密輸入したような　あくまでもデジタル　あまりにもデジタルな痛み　大雑把にマッピングされた皮膚のおれ　おれの皮膚にぬかりなく　的確《デジタル》でじたる《テキカク》に照射していくメディオスターさ　そのレーザーの痛みが万雷の拍手ほどにあざやかで

インキュベーターからデフォルトに知っていたようになつかしいさ　放射線ってこういう感じなんですね　思わず　漏らすのさ　と　さすがに　ぎよつとした顔　が類推される声色　で　医療ギョームだから1応はサイエンスの心得ぐらいあるのさ　とともかくおれは恥をさらすのさ　そもそも太陽系のスーセーになすがままにさ　される脱毛機械に身を挺している　じてんでりっぱな恥さらしなのさ　毒針の痛みのなかで　おれのおれに対するトーソー　おのれのおのれに対するトーソーすなわちソートー内戦なのさ　脱毛は内戦のようなのさ　おれのおれにであれおれのうちなる惑星にであれ　内戦は　英語でＣＩＶＩＬＷＡＲというと高校の授業で教わったとき　かつてのダーのおれにはピンとこなかったのさ　し　まだそのピンは摺鉢山に植えつけられたままト　ーライしていない　の　さ福井　福島　福　が付く県は原発県ローローと　中学受験マル秘暗記術を説いていた塾講師を　いまやポートレートにすることもできるのさ　すくすく育って　くすくす笑って　ことばの暢気に少しは戦くような背格好　毛格好のおれ脱毛はある程度　内戦だと聡明に途端に　ムーサがラッパをぱぱんと吹きながら　戦場で決してラッパを口から離さなかった木口小平さながら　おれは吹きそうになりながら舞い降りてきて　皮膚の底フヒ皮膚のすこここに詞藻が沈殿して　いってこの戦争が終わったら　あのジャーマンこだわりの手つきで痛みを　正確に記述するのさ　と勇んださ　毒針のデジタル感覚にいきおい意識を集中させると　１．２５倍の痛みがおれを襲った当たり前なのさ　痛みに感覚を研ぎ澄ませるなんて生体の本能に著しく矛盾しているのさ　誰がじんわり効く痛みなんか求めるのさ　皮膚は毎日入れ替わってへりくだるのさ　パブリックなクリニックでおれは端的にデジタルなな　ななんと　か番の患者様　でしかなくなななんのーためーのープライバシーなのーさー　自由に生きたがる　全員の後ろめたさなのさ恥ずかしさなの　サヨク言えば　もどかしさ　なのさ　クリニックの名に冠された生き物はおれたちの祖先さもっと痛みを　鑑賞する記述するなど不可不可のさ　気づいたのさおれさ　詩の国にさ棄民さされさひたすらさ耐えたのさ　この戦いがさ　内戦がさ　ＣＩＶＩＲＷＡＲがさ　しびれるうぉお　がさ　うぉーううぉーう　うぉーううぉーう　しびれるのさ　うぉーううぉーう　うぉーううぉーうむすばれるのさ　まで耐えに耐えた日はいつまでもくれてくれなかったのさ　いつしか施術が終わって　笑気を正気に戻すためにオーツーを　思いっきり吸い込むように指令されて　生まれてはじめてするようにせいっーぱい呼吸に励んだのさ　仰向けのおれはアイシールドを外され　紛い物のひかりがおれをぎらぎらと凝視したのさ　終わったらほっとしますよね　慈悲深いムーサは飛沫だ　けを　フィールドに残してナイチンゲール　よろしく　次なる部屋へと赴いていったのさ　無いちんげ獲るによろしく　おれはあっけにとられたまま　防護柵が張り巡らされた疾風怒濤の地その名もドトールコーヒーに　ふらふらとたどりつき　古式ゆかしきわらべうたを写経しつづける

# アクション・ポイエーシス

拝啓お前自身が背景知識だ。背景知識が服を着て、背景知識がなで肩で風を切っている。
・背景知識が、今日も京都で赤信号を無視している。
・背景知識は、写真に収められると死んでしまう。そのことをこの星では、剽窃という。
・剽窃は、五年以内の罪に問われることがあります。街の風景は背景知識で覆い尽くされています。
・街の風景を撮る江戸っ子は、背景知識の怨霊に侵され続けています。江戸の仇を長崎で打つ。長崎のアダを、ギニア共和国の首都、いやギニア第三の都市で打たないか。
・第三の都市であることを示すには、背景知識が必要です。
・背景知識は、マイクロチップを埋め込まれているので、寿命があります。
・マイクロチップとて、寿命があります。

服を脱いだ背景知識は、脱衣所に全ての記憶を忘れてきてしまった。背景知識に死が訪れます。背景知識の死を看取るのは、日本国憲法の前文に定められているように、モグラです。モグラです。モグラの塊です濡れたモグラの塊です濡れそぼったモグラの塊ですねずみ。濡れに濡れそぼったネズミの塊ですチャイムがキンコンカンとなります。さて、モグラの鳴き声はなんでしょう?

今聞こえる音、それがモグラの鳴き声であると仮定して論文を書き始めてください。脳みそをモグラに置き換えてください。モグラの国には憲法がない代わりに、ラブレターがあります。やぶれかぶれのラブレターがあります。モグラに刺されても死ぬことはありません。が、ラブレターに返信を書かないと、懲役五年以内の罪に問われる恐れがあります。モテない努力をしなければならない。モグラモグラリベラリズム。モグラリベラリズム。

敵わない。鳥はモグラには敵わない。モグラの演劇に、鳥は敵わない。アルファベットを覚えた手の赤ちゃんに、キリル文字を注ぎ込むと異分子は排除されました。待たない、待ってくれない。夏は待ってはくれない早まってはいけない。はやまれ、早まってはいけない。早まってはいけない。サハラ砂漠の砂塵が、だめです。

だめでどうしょうもない。

だめです。


止まってはいけないことを意識し続ける必要がある。風は止まった瞬間にネーミングライツを奪われる。終わってはいけない。絶対に終わってはいけない。ホットドッグを投げ捨ててはいけない、特に教会で。クラブハウスで。


火。ベルリンの火。火は。終わらない。

終わらない。冬は始まってすらいない。演劇的になりすぎて、冬は始まることすらできなくなった。

モグラは憲法を定めることができない。モチーフに蓋をすることはできない。

沈黙。

黙れ。黙れ大声で黙れ。

快哉を叫ぶように、大声で黙ることができること。モグラは大声で黙り続けている。だから誰も

# モグラの鳴き声を、知らない。

〈解説〉

本詩は、二〇二三年八月二十日に渋谷のクラブ・青山蜂で開催されたイベント、Yellow Bus Stop で上演された詩を再構成したものである。上演に際して「アクション・ポイエーシス」という方法を考案した。参加者は次の４人のアクターおよびフロアを出入りする来場者のすべてである。

○DJ：モジュラーシンセサイザーによる演奏。
○スマホ使用者(２人)：極力何も考えないようにしながら、各人のスマートフォンのメモ帳アプリに文字を入力し続ける。入力された文字は自動読み上げ機能により、タイピングの区切りごとに機械音声で読み上げられる。また、スマートフォンの画面はミラーリング機能によりフロア中央のディスプレイ、および壁に設置されたプロジェクターに表示される。
○ボーカル：DJ の演奏や機械音声、画面に表示される言葉に触発されながら、空間を自由に移動しつつマイクに向けて言葉を発し続ける。

# シンポジウム

臍をセクシイの原点《Origin》にして
放埒な髭が花を描いている
一瞬の美、すなわち美と非美の閾を
とどめんと振れる風の筆致
花は花でしつ
こく這い回る髭たちを一本一
本、根こそぎね　O
刮いでいく
骨抜きの髭たちは沈　黙の
——通奏低音として喘ぐ

更地と化した臍回り
決して枯れることのなかった野を白髭は泳ぐ
いせので（いせので）（（いせので））で
飴色の卵が沈むセクシイへと潜り込んでゆく

## 航路

小学校の裏手。体育館の向こう側に、航路を
一行でいいから
挟んで小さな田んぼがある。新幹線の駅から
毎日詩を書くこと
すぐの、転勤族が多く暮らすトポス性の薄い
理想をぬかせば
この街にも、なぜだか知らないが（おそらく
毎週詩を一篇書く
狩猟採集民族から農耕民族への転換点を記念
碑に刻まれた（下積み
して）随所に田んぼがある。最寄駅から自宅

を経ての）詩人の言いつけを守り
に帰る途中、左側は田んぼ、右側は体育館に
職業詩人を目指す
面したこの航路を、ほとんど（主観と客観の
分際で
渋滞）の確率で通る。生ぬるい初夏の某日、
断言しよう
ここいらには人間の言葉を話すという新種の
いずれ断言しなければならない
カエルの鳴き声が、遠く遠く響き渡っている。

雅語雅語雅語雅語雅語雅語雅語雅語雅語雅語雅語雅語雅語雅語雅語雅語雅語雅語雅語雅語雅語雅語雅語雅語雅語雅語雅語雅語雅語雅語

　　長すぎても短すぎてもいけない
　　　しょうみ十年間
　　言葉は断たなければならない
　　君は断言しなければならないと

雅語雅語雅語雅語雅語雅語雅語雅語雅語雅語雅語雅語雅語雅語雅語雅語雅語雅語雅語雅語雅語雅語雅語雅語雅語雅語雅語雅語雅語
雅語雅語雅語雅語雅語雅語雅語雅語雅語雅語雅語雅語雅語雅語雅語雅語雅語雅語雅語雅語雅語雅語雅語雅語雅語雅語雅語雅
雅語雅語雅語雅語雅語雅語雅語雅語雅語雅語雅語雅語雅語雅語雅語雅語雅語雅語雅語雅語雅語雅語雅語雅語雅語雅語雅語
雅語雅語雅語雅語雅語雅語雅語雅語雅語雅語雅語雅語雅語雅語雅語雅語雅語雅語雅語雅語雅語雅語雅語雅語雅語雅語雅
雅語雅語雅語雅語雅語雅語雅語雅語雅語雅語雅語雅語雅語雅語雅語雅語雅語雅語雅語雅語雅語雅語雅語雅語雅語雅語
雅語雅語雅語雅語雅語雅語雅語雅語雅語雅語雅語雅語雅語雅語雅語雅語雅語雅語雅語雅語雅語雅語雅語雅語雅語雅
雅語雅語雅語雅語雅語雅語雅語雅語雅語雅語雅語雅語雅語雅語雅語雅語雅語雅語雅語雅語雅語雅語雅語雅語雅語
雅語雅語雅語雅語雅語雅語雅語雅語雅語雅語雅語雅語雅語雅語雅語雅語雅語雅語雅語雅語雅語雅語雅語雅語雅
雅語雅語雅語雅語雅語雅語雅語雅語雅語雅語雅語雅語雅語雅語雅語雅語雅語雅語雅語雅語雅語雅語雅語雅語
雅語雅語雅語雅語雅語雅語雅語雅語雅語雅語雅語雅語雅語雅語雅語雅語雅語雅語雅語雅語雅語雅語雅語雅
雅語雅語雅語雅語雅語雅語雅語雅語雅語雅語雅語雅語雅語雅語雅語雅語雅語雅語雅語雅語雅語雅語雅語
雅語雅語雅語雅語雅語雅語雅語雅語雅語雅語雅語雅語雅語雅語雅語雅語雅語雅語雅語雅語雅語雅語雅
雅語雅語雅語雅語雅語雅語雅語雅語雅語雅語雅語雅語雅語雅語雅語雅語雅語雅語雅語雅語雅語雅
雅語雅語雅語雅語雅語雅語雅語雅語雅語雅語雅語雅語雅語雅語雅語雅語雅語雅語雅語雅語雅語
雅語雅語雅語雅語雅語雅語雅語雅語雅語雅語雅語雅語雅語雅語雅語雅語雅語雅語雅語雅語雅
雅語雅語雅語雅語雅語雅語雅語雅語雅語雅語雅語雅語雅語雅語雅語雅語雅語雅語雅語雅語
雅語雅語雅語雅語雅語雅語雅語雅語雅語雅語雅語雅語雅語雅語雅語雅語雅語雅語雅語雅
語雅語雅語雅語雅語雅語雅語雅語雅語雅語雅語雅語雅語雅語雅語雅語雅語雅語雅語
語雅語雅語雅語雅語雅語雅語雅語雅語雅語雅語雅語雅語雅語雅語雅語雅語雅語
語雅語雅語雅語雅語雅語雅語雅語雅語雅語雅語雅語雅語雅語雅語雅語雅語
語雅語雅語雅語雅語雅語雅語雅語雅語雅語雅語雅語雅語雅語雅語雅語

パスタに先んじて湯気を立てている

束の間に匍匐前進を終えた腕は

どうして同じ俺であると言えるのか
　　いちいち哲学する旦那

パスタを切り終えた後の俺
　　パスタを切る前の俺
　　いちいちタイムアタックする旦那

どうということのない日常の所作を
　　オレンジ色のハサミで

小学校入学翌日以来愛用している
きっかり二等分に捩じ伏せていく

腕と不釣り合いな100gのパスタ束を
旦那が丸太を切り落とすように
　　丸太のような腕をした

# Conjunction

朝　蜘蛛膜下出血が終わったあとの、清々しいというほどではない静けさが心地よい
むかしの性行もどきが思い出されてきて（むくむくむく）
脳汁予測変換でハートマークのスタンプが出てくる出てくる
朝　これでよかったっけ？
「それはそれとして」6ミリ罫のB5ノートはクラシカルだ
朝の鉛筆はこそばゆいしね　暮らしを軽くする　↑企業のコピーみたいだ
文字は冷たいから、それまでにからだを冷ましておかなくちゃ
ひとの手から放たれることなく、あらかじめ離れていることば
WCのジャロジー窓に凝視《ガン》られる、歩く事実陳列（罪）――第一部　人間の生態について――が、

パンプスで露どもを軽くいなしていく
そうか、米を頬張っていてもいいのか
計略めいた糾弾は断固反対だ

ホッキ貝をラの音に調律して開始する
ボワァ〜とはならない　ファンファンファンと鳴る
ポ　　ンポ　　　ンポ
深い海洋が囲繞する
ンポ　ン　ンポポ　ンポテンシャルはちきれそうな
ンポ　　ポ　　ンはちきれそうな　　　　ンポ　それにぶつかる
ホッキ貝は小リスさながら薫愛される
だからおちゃらけて
しまった！（しめた！）
シの音（が鳴る）
ホットラインが貫通した決定的瞬間（死語）だった

全身が肉になりかけている
本当に文字通り、首の皮一枚のところで肌であることができている
あるいは、首ではなく陰茎の皮一枚
あるいは、定義上ズル剥けではないというだけで、もはやそこに肌はない
あるいは、肩代わりしている
これも文字通り、肩の代わりをしている
晩年の金本のお肩
がめくれる、がめくれる
英語風に言えばディスカヴァー
サイエンスが、マスが、わたしの肌をめくっていく（彼女らにとってそれは単なる果実の皮）
身長一七四センチ、体重五三キロの歩く事実陳列罪
存在するという
執念い
事実を陳列することが悪だとは限らない
ノン事実を陳列しないことが善だとは限らない

だが、
それにもかかわらず、
であれ、
とりもなおさず、
とりわけ、
くわえて、
また、
くわえて、
あるいは、
くわえて、
であるがゆえに、
くわえて、
いっぽう、
くわえて、
たほうで、

くわえて、
さらに、
くわえて、
くわえて、
くわえて、
清掃者がすべてを攫っていく
それが仮象だったとして
ホッキ貝はどこまでも、裏表紙までも晴れやかだった

細工は流々、仕上げをご覧じろ。
念入りに鉛筆をトキントキンにして
初期微動継続時間を清書する
ジャロジー窓はまだ、事実陳列（罪）――第恥部　鳥の歩行、あるいは奉仕について――を玩味している
博士もまた要点をまとめて飛び降りる

# Draw（引き－分け）

《僭主入場》
――喫緊のキックイン

《前半1分　オウンゴール》
イントネーションの過（※※そ　※れ　※ほど　※※※で　※もな※　※　い　※※　※　）　労
意
　　　　　　　　　　　　　　　　　　　　　　　味
が
言葉を所有しすぎている

《前半9分　オウンゴール》
空には気が散る半身の月、半身にも生半可な（ずうずうしくも天体に固執する）それ、
あんた自己防衛にぞっこんでさ
端的になまめかしいのよ
　　　むべなるかな
　　　　小学校のプール開きがいつだったか、
正確に、と言わずとも
　「いつ頃」だったかもいまいち覚えられなかったけ
れーど
　　人生が三角コーナーにさしかかって▼▼▼▼▼▼
選ばれなかった未来の滓が溢れ出して
しまっても、
つゆ、ちゃらり、とろりんと、
（アピアランスが中性的と言われるときの中性は、中性
脂　　　　　　　　　　肪の中性と同じだ）

が、生半可な月からこぼれおちんとする
つゆ、生半可なつゆ　ゆ。
《後半17分　オウンゴール》
▼▼▼▼▼▼の堆積物からとうっ！けいっ！的に弾き出されるおよそ何パーセントの湿度
にもとづいた　　　　　　　　西瓜の皮のごとき見せかけの涼やかな匂い
にもとづいた　　　　　　　いき詰まってくるまった絹のテクスチャー
にもとづいた　　　　　　いっさいの色をいんとんさせるための緋色
が　　　　なにがしのシーンへとキッドナップする
　　　　　　　　　　　　　　　　　　　　それがし　かし、
それがし
　　　　かし=仮のわたし、それが、しかし
　　　　　わたしは、それがし　　姓それがし
　　　　　　　　　　　　　　名かし
　　　　　　　　　　　　それがしかし、たしかし、

わたしは、「わたしは」につづくひとまとまりの文章に過ぎない。
ね、だろうね。なんか文字くさくない？っていうんで。
自己と癒着するか絶縁するか　　水と油　か　　　？
水　　か？（自己と癒着するか？絶縁するか？）油　か　　　？
？　　　？　　　油か？Tか？Aか？Bか？Uか？Lか？Aか？
　　　水か油かで言えば油の中を、あわよくばつゆの中を、
　　　　ほんとうは言葉たぶらかすスカスカの地獄を泳がせてほしかった

《後半26分　オウンゴール》
わたしは気軽に家出できる▼▼▼▼▼に及んでも
この次のクールが（飛切りクールな）
要請するプールがイヤでぎゃンぎゃン（泣くわけはなかった、男の子だもん）
問答した　ヒビの、ヒビの。罅の、日々の。ヒビの、クギの、

・釘・釘・釘・釘・釘・釘・釘・釘・釘・釘・釘・釘・釘・釘・・・・・供犠の、ヒビの、
残念でもないし当然のヒビの、クギの、いたたまれなさの、
いたたまれなさへの、いたたまれなさ

じっと

がイヤでイヤで、外野で、

目から　ツウシンボが濃縮還元にこだわらせたつゆを流しまくっている。

《後半45分　イエローカード》
青わたしは、青わたしだった。青わたしは、につづくひとまとまりの文章だった。
黄わたしは、黄わたしである。黄わたしは、につづくひとまとまりの文章である。
赤わたしは、赤わたしだろう。赤わたしは、につづくひとまとまりの文章だろう。

《後半生?年　レッドカード》
信号が滲んで見える。

●●●●

胸が熱くなる太古の律動を思い出そうにも、意味が言葉を所有しすぎていて。今晩のブリーフの匂いでむせ返るしかない。星は星でも●は天空に現れず、地上の星の過半数は黒くろくでもない。血管の内側が鏡張りになってて。スペクタクルの社会の乱反射が、生温いつゆを追い炊きしつづけている。わたしは、「わたしは」につづくひとまとまりの文章に過ぎない。気づけば尻から手が生えている。両手が生えている。気づかれなければ足は足のままですっく。足は尻の両の手だと思うと、浮かばれない季節も臨終へと飛び級ができた。

信号の孕んで見えて●●●●●　退場

# ナタデココ建設

目を瞑るとナタデココ
千切りにしている中途
もう何本かの指は瓶詰めが完了
案の定のデルモンテ
世界の裏側もデルモンテ
世界を透かし見るためには
千切り
どころじゃなくってよ
北緯三五度三八分五秒六〇刹那
東経一三九度四一分一秒八刹那

いまここ、
いまここを切る最中だから話しかけないで
できたら建具師のところ
保湿ぐらい誰でもやれる
そこそこ軽い素材なのだし

産業の、疲れを三行で
洗い流してカタルシス
わかってる　わかってるから
（わかってるから）
植字工だけが本当の意味での勝ち組
求人票には書いちゃいないが
世界の寝息をとことんまで聴ける
（なんだって）大馬鹿にする奴等は

禁錮零秒で反転地
時間が運動の数ならば
ナタデココを倒れるまで回食め
時間の果肉を取り戻せ！
ん　が
小馬鹿にする奴等は足かけ何年の刑
要するに、世界のからくりに気付けないってこと
ナタデココの再構成であることに気付けないってこと

目をおっぴろげると「意想外」に閉じ込められている
白すぎて何も見えないかえって不誠実
やるかたない
嚥下に次ぐ嚥下、排泄に次ぐ排泄
さすがに辺境までは辿り着きたい
尻上がりの無人ナタデココに

「あ鉈？」
どうして支給された鉈
動詞に名詞を陵辱させればひとつになれる
意味とは
世界への放屁なのだ

鉈
デコ＼＼＼＼＼＼＼＼＼＼＼＼＼＼＼＼＼＼＼＼＼＼＼＼＼＼＼＼＼＼＼＼コキル
デコ＼＼＼＼＼＼＼＼＼＼＼＼＼＼＼＼＼＼＼＼＼＼＼＼＼＼＼＼＼＼＼＼コキル
存　者　と　死　間
裸　在　と　時　者

# 一分一秒物語

0

生きてるだけで、罪。一分一秒が、罪。
（祈禱）
これより先、黙読を禁ずる

1

いたずらに崇拝される寿命　口では躊躇なく打擲
文字にも単価があって光とか夢、笑
とかは not only コスパ but also タイパがよくて自然とととのう
切り詰めた時間も想像力の干拓にあてがわれるのみ
ありうべき劇場の姿だった公衆トイレは課金され

申し訳程度の学が花を添えるだけの都市
ごときダッと駆け出してチャッと終わらせたい　お蔵入りね暗いねナハトムジーク
実際はエンカツ　エンカツ　踏み鳴らしてカッポ　ガッポ
（祈禱）
これより先、拙速を禁ずる

## 2

大卒三年目で初めてありついた教壇で
くだんの藪講師は嘘しか教えない
どんな名詞でも後ろに「物語」をつけるとそれっぽくなるから
おまじない物語　割り勘物語　共産党物語　イマジン物語　単純骨折物語
おじや物語　レーガノミックス物語　破顔一笑物語　続々物語　厠物語　ホメオパシー物語　鬱物
語　撃つ物語　これは名詞ではないから俺の勝ち負けではない物語
（みなし祈禱）
ええ、謦咳。これより先、敗北を禁ずる

急いては事を仕損じる
例に出すすべてが空豆みたいに辛気臭い
微に入り細を穿ち、物語を撃つ
こういう句点が都市から呼吸を簒奪している
嘘の話術、あるいは話術の嘘が糧となる《カテドラル》
（祈禱）
これより先、二の句を禁ずる

## 3 無遅刻・無欠席・無化調

信仰はやめても諺は不用意だから
文字に単価がなかった頃の名残か
七五の蠕動
毎晩神社に参るつもりで白紙に向かうのもいいだろう
独断と韻文の腸詰め　蟻のエキスの瓶詰め

胃袋へのピンポンダッシュが止まらない
昼下がりは終わらない　AN AFFAIRを伴う限り
（今日一の祈禱）
これより先、追憶を禁ずる

## 4

未来永劫、列車に乗っていけば電話に出ることなく死ねる
俺がおばあちゃんだったらの知恵
働くことも休むこともしない
グローカルな異教徒から巻き上げて辛うじて
別世界へのボックス席は維持されている
（祈禱）
これより先、湾曲を禁ずる
それでも
（ぴとっ　ぴとっ）

体液にだけは交換価値を認めたい
億千万のオフスプリングのためのテーゼ

## 5

絶望なんて古びた趣味は絶望する余裕があるからできること
目が前についているのは目がついている方が前と定義されたから
口がしっけてるから歯止めが利かない
　罪のまぐわい
言葉なんてすべてがロマンポルノだ
ノン　むしろ
理性は洞窟を照らさない
（しばし黙禱）

これより先、禁欲を禁ずる

# フルフラット

（☆コーラス）

快活に暮らせる根城がある
この国には
それはかなりすごいこと
ポエジーの狩猟採集民族に
家が必要なためしは一度もなかった
家政＝経済《エコノミー》から足を洗おう
もうどこにも住みたくない
もうどこにも住みたくない

夢の中でさえ足の爪切る
　ほどに足の爪
切ること切望している
それくらいしないと足の爪は切れない
　連日の蒸し暑さで爪はシナシナ
爪を切る　切られる爪の小気味良い
　音　手よりも遥かに香ばしい
足の爪の「たる所以」たるにおいは
　陰気に息していた
　枕元　風が運んできた
ハローキティのマシュマロちゃん
　やはりただれる
中のチョコレートは初潮のように困り顔
　産業廃棄物を大切に大切に積んだ

車にも確たるナンバー
その窓を見て、誰に見せるでもない
髪をわしゃわしゃ整える
「俺クラスになると、鏡とジャンケンしても勝てる」
チャラかりし頃の檄文
自分の鼻のにおいはどう
足掻いても嗅ぐことはできない
人中のにおいは化粧水のにおい

インチョン空港で知るセルフバッグドロップ
世界中どこも山猫軒である
という一点で、賢治は唯一正しい
子どもの歯　生え変わるより先に
家家家が建て替わっていく
その書斎　平気で億の文字を飼育して

その合切　表で遊べないままゾッキ本
　解体現場はトルコ人まみれである
　　知人が教えてくれた　たしかに
　　　そうね　礫上で遅い昼食
　　　　ユンボに浅く腰かけて
あるはチョーク淡く照らされる地べたで
大根と水菜と三種の釘のジャキジャキサラダ
通りすがり　エトランゼにピスタチオくれる

古来から全身がひどく凝っている
　人は人生に凝りすぎているせい
どマイナーな生活　うんざりする権利はある
　市民プールの浜辺で潮干狩りでもいかが
　　核家族どもが踏み躙った白砂
思いきり顔を近づけ嗅ぐことで

しか存在は確かめられない
声を出す　脈絡にシメられる前に
喀血のようなイキった言葉　募「集中」

今日におのずと飽きたなら
フルフラットの根城に帰る
任意のエスカレーターに乗ると

顔　尻
顔　尻
顔　尻

えてして顔と同じ高さに尻がある
かなしみを幾重にも折りたたむ
かなしみは誠実を貫く
骨を突き抜け、肉を突き抜け、皮を突き抜け、
遥か新月に着床する

（☆コーラス）
快活に暮らせる根城がある
この国には
それはかなりすごいこと
ポエジーの狩猟採集民族に
家が必要なためしは一度もなかった
家政＝経済《エコノミー》から足を洗おう
もうどこにも住みたくない
もうどこにも住みたくない

いつの間にか実家の跡地
建った自立支援センター
ふらっとのネーミングが
「かなりいい」と思った

## Hypotheses

α

靴底みたいな雲が散る空を見ていると
どんでんがえし　世界は倒立し、これ見よがし
沢山の足跡を見下ろしているような気がした
草っ原の斜面に臆面もなく寝転んで
子どもたちがその周りをぐるぐるし始めて
おそらくここが楽園なのだろう

*β*

慌ただしく列車に乗り込み、鵜の目鷹の目で席を確保する
と向かいのロングシートに、おや
行儀よく座った人々が顔を提出している
バッチリ正解を示す（模範解答通りの）者、他人の答えを引き写した者
見るからに親の力を借りた者、努力の跡だけはうかがえる者
怖気づいてまっさおな者、開き直ってまっさらな者
不特定多数の審査を経て
いまひとたびの提出に向かって
列車を降りる

　　　　　　　　　　　　　　　　　　　　　　　　毎日が

　　　　　　　　　　　　　　毎日が誰かの戦
後であり戦前である
誰も五分前に見た誰の顔も覚えていない

高槻市では、市立寿栄《じゅえい》小学校4年の三宅璃奈《りな》さん(9)が、登下校中に落下したブロック塀の下敷きになって死亡した。

市教委によると、三宅さんは学校で児童会の代議員を務め、11日から2週間朝の「あいさつ運動」の当番だった。普段は1年の弟と登校していたが、この日は当番で1人だったという。

通学路で見守り活動を続ける男性(68)は午前7時50分ごろ、三宅さんを学校から２００～３００メートルの場所で見送った。1年生の時からの顔なじみ。この日朝も「行ってらっしゃい」と言うと、「行ってきまーす！」と元気よく返してくれた。

その数分後、校門まで二十数メートルの場所で地震に遭い、命を落とした。歩いていたのは、学校の指導で通学路となっていた「グリーンベルト」と呼ばれる壁沿いの通路だったという。

【朝日新聞朝刊】

（２０１８年6月19日、35ページ）

既詩（2007–2020）

# たくわえる、かさねていく

圭織という名前の女の子がいた。

わざわざ「という名前」なんてつけなくとも、べつによくある名前だと、思っただろう。強いていえば、香織や佳織の方がよく見かけるくらいか。

圭織は築何十年か見当つかないような、狭い坂道の脇にあるお屋敷風の家に住んでいた。表札は資料集でしか見たことがない味わいの変色をしていて、こんな家が近所にあることにぼくは驚いた。ある日たまたま迷い込んだのだった。

圭織の家族は、嫌味のない幸福な家庭を大切に築き上げてきていた。父親は歯科医かなにかで、両親はそろって品のいい顔立ちをしていた。夫婦の顔が似てくるというのは科学的にはよくわからないが、なるほどと思わせるものがあった。

圭織はアメリカの女の子のキャラクターがアップリケされたねずみ色のトレーナーをよく着ていて、彼女の姿を思い出そうとすると真っ先にその服が浮かんでくる。弟は肌が真っ白で、コロケーションの癖で「病的なほど」といってしまいそうになるけど、まったく逞しい顔つきをしていた。東欧風の。

悩みの種といえば、圭織の成績がかんばしくないことくらいだった。

圭織のことを好きな男の子がいた。トモヤという名前だった。トモヤが圭織に好意を抱いていることはなぜか塾じゅうに知れ渡っていて、模試の成績が振るわずクラスが下がった際、先生から「カオリがおるからって、浮かれとったらあかんぞ」とからかわれることもあった。

ぼくは小学生くらいまで、いろんなものを盗み読む悪い癖があって、クラスメイトのテストや提出物をよくこっそりチェックしていた。圭織は出席番号順でいちばんはじめだったのもあって、なおさら見てしまっていた。

圭織は一応は中学受験専門の塾に通っているにもかかわらず、学校のテストでさえ七十点とか取っちゃうこともあった。彼女は二重幅の広いたれ目が特徴の、とても整った可愛い顔をしていたから、ぼくは変に同情していたのかもしれない。

ある日、自分の名前の由来を親に訊いてくる、という課題が出た。翌日、めいめいがしかたなく書いてきたであろうプリントが出席番号順に集められ、先生は机の隅にまとめて置いた。

「圭」はたくわえる、「織」はかさねていく。

気持ちが入っていないからなのか、そういう筆跡なのか、どっちもだと思うが、かぼそく、右肩下がりの文字列が並んでいた。

まずもって、膨大な余白を文章を繋いで少しでも埋めようとする努力を払っていないことに、ぼくは唖然としたような覚えがある。

以来、ぼくは今日までこのエピソードを保存していた。折に触れて思い出すということもなかったのに。フォルダの最終更新は十三年前で止まっていた。

「圭」はたくわえる、「織」はかさねていく。

簡潔なフレーズだからこその、なよやかな字体とうらはらな力強さ。何事もちゃんとやらなければいけないと思っていたぼくに、新鮮な風を吹き込んでくれたのだった。

十歳の少女が生み出した、この凛とした一行詩を、伸びてきたあごひげをさすりながら思い出したことには、一抹の申し訳なさをいだく(「ひげが伸びる→ひげをたくわえる→たくわえる、かさねていく」というしょうもない連想だ)。

それに、圭織と何回も書いていたら、彼女のことが好きだったのはぼくだったような気がしてきた。

インカレポエトリ叢書XXVIII
乳既
二〇二四年八月三一日　発行
著　者　寺道亮信
発行者　後藤聖子
発行所　七月堂
〒一五四―〇〇二一　東京都世田谷区豪徳寺一―二―七
電　話　〇三―六八〇四―四七八八
FAX　〇三―六八〇四―四七八七
印刷　タイヨー美術印刷
製本　あいずみ製本所

New-Ki


ISBN978-4-87944-579-7　C0092